세 번째
스무 살의 비상

박남숙 제2시집

시음사
시사랑음악사랑

시인의 말

어느 날 태풍처럼 날아든
너를 나는 쉽게 받아들이지 못한 채
밀어내고 또 걷어내고 싶었다

갑자기 찾아온 것도 모자라
내 몸 구석구석을 점령하고 있는
너를 어루만지며 달래며 내 속살을
집어삼키는 것을 느끼며 보아야만 했다

하지만 쉽게 너에게 나를 내어주기는
싫었기에 전쟁에 나가는 마음으로
다시 일어서는 오뚝이처럼
응원해 주는 가족 친구 그리고 나를 아는
모든 분의 따뜻한 정이 있기에 일어선다

저를 아는 사랑하는 분들께 감사의 인사로
소박한 저의 글을 드리고 싶습니다
그리고 암을 이겨내는 모든 환우님께
다시 한번 더 힘내시라고 전하고 싶습니다.

정상을 향하는 그날까지.

시인 박남숙

QR코드 스마트폰으로 QR 코드를 스캔하면
시낭송을 감상할 수 있습니다

 본문
시낭송
감상하기

 제목 : 아버지의 보물상자
시낭송 : 박영애

 제목 : 토마토
시낭송 : 박영애

 제목 : 추억의 빗방울
시낭송 : 박영애

 제목 : 캐사일라
시낭송 : 박남숙

 제목 : 사월의 금오산
시낭송 : 박남숙

 제목 : 하나뿐인 당신
시낭송 : 박영애

 제목 : 봄은 사랑의 편지
시낭송 : 박남숙

 제목 : 시간의 활
시낭송 : 박남숙

 제목 : 그대를 소환합니다
시낭송 : 박남숙

 제목 : 호박꽃
시낭송 : 박남숙

 제목 : 세 번째 스무 살
시낭송 : 박영애

제목 : 그녀의 팔월
시낭송 : 박남숙

제목 : 화살 같은 인생
시낭송 : 박영애

 제목 : 거미줄에 걸린 시월
시낭송 : 박남숙

 제목 : 여름꽃
시낭송 : 박영애

 제목 : 견우직녀 달
시낭송 : 박영애

 제목 : 갈증
시낭송 : 박영애

 제목 : 유월의 소묘
시낭송 : 박영애

 제목 : 그리움은 멜로디로
시낭송 : 박남숙

 제목 : 비의 접사
시낭송 : 박남숙

 본문 시낭송 모음 1

 본문 시낭송 모음 2

영상은 YouTube 정책 또는 운영 관리에 따라 삭제될 수도 있습니다.

시인은 자연을 이야기하고 시낭송가는 자연을 품었다
글자는 날개를 달아 언어로 날고 소리는 자연에 눕는다

* 목차

＊ 목차

* 목차

* 목차

그녀의 책갈피

입술을 앙다문 양 갈래머리에
세월의 흔적을 지우개로 지운 듯
해맑은 미소가 아름다운 소녀

어제의 시간 속에 묻혀 있는
과거로부터 걸어 나온 그녀를 본다

풋사과를 입에 물고
대청마루에 누워
라이너 마리아 릴케의 시를 읽었던
그때가 그리운 그녀
추억의 시소가 휘청거린다

책갈피에 오롯이 박혀 있던 時間
어느새 중년의 노을을 바라보고

사랑도 빛바래 흩어져 굳어가고
그림자를 조금씩 삭혀가는 일이
그녀의 삶인가 보다.

생의 갈림길을 걷다

몇 번의 수렁을 지나면
아픔 없이 푸른 숲을 걸을 수 있을 거라고
버티고 서 있는 그녀를 본다

폭우가 오듯이 갑자기 찾아온
너를 온몸으로 받아들이지 않으려
발버둥을 쳐보았지만
모든 걸 탐하는 너를 이길 수가 없었다.

항암치료를 받고 견디고 또 견디고
한 생명이 이렇게 힘들게 살고 있다는 것을
언어로 어떻게 구사를 할 수 있을까

지친 생의 갈림길에서
이제는 너와 함께하며
다독이며 나를 위로하며
또 하나 희망의 촛불을 밝혀 본다.

아버지의 보물상자

새들의 재잘거리는 소리가
귓속을 핥고 지나가면
말끔하게 세수한 햇살이
눈부시게 다가와 속살거린다

유월의 아침은 참으로 평화롭다
덥지도 춥지도 않은 적당한 온도
아침을 대신하는 사과 한 입 베어 물고
문득 퍼석한 사과의 떠오르는 상자 하나

아버지 방에는 어머니가 준비해 둔
보물상자가 있었다
이맘때쯤이면 달콤한 사과를 건네시는
아버지의 정겨운 모습이 선명하게 다가와
"막내야" 하고 부르시는 듯하다

보물 상자 안에는
과자며 사탕이며 단팥빵이며
사과가 들어 있었기에 배고프면
아버지 방을 들어가 곤했다

오랜 지병을 앓고 있었던 터라
어머니가 준비한 사랑의 보물상자였다
사과 한입 두입 베어 물고
그리움의 비늘이 유월을 안고 낮달이 차오른다.

세록 . 아버지의 보물상자
시낭송 : 박영애
스마트폰으로 QR 코드를 스캔하면
시낭송을 감상할 수 있습니다

토마토

숨 가쁜 7월이 걸어온다

아침마다 물을 주고
눈을 맞추고 사랑스럽다고
말해주면 방긋 웃는 모습을 보여준다

꽃은 어찌 저리도 이쁜지
노란 꽃잎을 입술에 달고
춤추는 열아홉 소녀처럼
인사하는 너를 보면 그리운 이가 있다.

텃밭에 풀 뽑으며
토마토 익어가나 보렴. 하고
말해주시던 어머니 모습이
선명한데 아직도 꽃잎처럼 울렁거린다

세월의 흔적을 지우개로.
지울 수는 없지만 그리움으로
다가오는 당신은 늘 내 안의 행복입니다.

제목 : 토마토
시낭송 : 박영애
스마트폰으로 QR 코드를 스캔하면
시낭송을 감상할 수 있습니다

중년의 고갯길

물들어 가는 것의 순서는
그 누구도 물결을 멈출 수가 없나 보다

섬세함으로 봄꽃이
승차권이라도 쥔 듯 이 골 저 골을
날아다니던 꽃들의 환생이 있던 날은
환희의 순간이었다

타오르려던 태양에 녹아 버린
사랑의 꿈틀거리는 침묵으로
절박함을 갈증 나게 하는 순정은
주사기 바늘 밑에 납작 누워 숨죽이고 있다

현란함으로 시야를 현혹하는
만추의 모든 순간이
꽃물로 샤워를 한 듯 모든 추억을 삼키려 한다

바람결에 묻어온 인연처럼
또 다른 눈송이가 되어
각혈하는 중년의 고갯길 달빛이 휘청거린다.

강물로 흘러간 눈물

허공으로 번져오는 녹슨 표정으로
영혼까지 동여맨 심장을 두드리는
당신의 숨소리는 사랑의 꽃망울이었다

온화한 마음을 간질이는 봄바람처럼
사락사락 다가와 추억을 소환하여
흩날리는 아카시아 꽃잎이 되어 본다

많고 많은 사연을 쌓아가며 살아온
당신과 나 강물로 흘러갔을 눈물들
사랑 하나로 지켜온 우리의 보금자리

몸살을 오래 해서일까요
감추어진 고통이 토해낸 아픔일까요
더 아픈 것이 내 심장을 지나간다 해도
당신을 바라보며 꽃으로 살고 싶어요.

멧새

새벽을 노래하는 생명이 솟아오르듯
또 하루의 탯줄을 쪼아대는
참새의 날갯짓이 생동감이 넘쳐난다

아카시아 꽃잎도 비행을 꿈꾸며
땅으로 곤두박질하고 있다
그 꽃잎의 정체를 화려함으로 벗어던지는
하얀 꽃 깔 모자

빗물에 세수라도 할 요량인지
받아둔 물속을 제집인 양 날개를 씻는
멧새 한 마리 퍼덕거리며 염탐하고 있다

서로의 눈치를 보며 잠깐 멈칫하며
순간 달콤한 세 번의 날갯짓을 남기고
퍼덕거리며 어디론가 날아간다
푸르른 빛으로 사라진 멧새의 자유를 부러워하며.

추억의 빗방울

은색 드럼을 치듯이
손바닥을 두드리는 빗줄기를 따라
흘러가 본다

어린 시절 비누향기만으로
행복했던 그 시간을 섞어
친구가 좋았던 그 시절 별들처럼
수다를 떨었던 그곳으로 간다

아주 오래된 거리를 걸어와도
귓속을 속삭여 오는
아름다운 단어들이 춤추었던 그곳에
넌 아직도 순수의 소녀로 있었다

삶은 그림자를 따라
순회하는 것인가 보다
투명한 커피잔을 바라보며
빗소리로 드림 치는 오월이 더 가까이 스며온다.

제목 : 추억의 빗방울
시낭송 : 박영애
스마트폰으로 QR 코드를 스캔하면
시낭송을 감상할 수 있습니다

주사실

주름진 혈관 속을 파고드는
서글픔에 이슬처럼 한 방울 두 방울
링거 줄을 따라 삶의 언덕에서 줄을 타 본다

순결했던 어제의 심장은 말이 없다
손가락을 움직여 보아도
반응 없는 혈관들의 손놀림이 바쁘다.

푸르른 오월을 머리에 이고
춤추는 이팝나무가 되어
바람에 소리 없이 암 자체를
날려 버릴 수 있는 날이 오길 기도한다.

삶의 전부를 잃어버린 시간을
다시 떠오르는 일출처럼 꿈꾸며
오늘도 링거 줄에 몸을 맡겨 본다.

오월의 흔들림

천지를 진동하는 슬픈 울음소리는
연둣빛 잎새를 흔들고 있는 바람에
떨어지는 아카시아 꽃잎이 우는소리일까

허기진 그리움만 나뭇가지에 걸려
까무러칠 듯 가슴이 아파져 오는데
어쩜 그것은,
흉터가 아물어 가는 과정이 아닐까

노을이 노둣돌에 숨은 그림자와
숨바꼭질 중이다
누군가는 지금도 화려한 꽃을 피우려
치솟는 죽순처럼 청춘을 바람에 걸어두고
흔들고 있을 것이다

요염하게 울어대는 산까치의 울음소리
세월이 할퀴고 간 녹슨 동맥혈처럼
달빛에 피어나는 달맞이꽃이
목구멍에 걸린 눈물 되어 흘러내린다.

캐사일라

봄비 내리는 창가를 서성이는
사월과 마주한 병원 로비는
연둣빛의 향연이 바람꽃으로 흔들고 있다

꽃향기 어느새 사라진 들녘은
노란 민들레들의 천국인 듯
바람에 홀씨를 날려 보내고
유혹의 살점을 박음질하고 있다

절대 쉽지 않은 항암치료
비가 와도 바람 불어도
첫사랑 설렘의 시간처럼 내게로 직진해
속살로 파고들어 뜨겁게 치솟고 있다

곱디고운 봄의 소리로 들리는 창가는
캐사일라의 또 한 번의 봄비처럼
촉촉이 내게 젖어 들어 온몸을 훔치고 있다.

제목 : 캐사일라
시낭송 : 박남숙
스마트폰으로 QR 코드를 스캔하면
시낭송을 감상할 수 있습니다

사월의 금오산

잎새 달 품은 금오산
수채화 물감 풀어놓은 듯
생동감 피어올라
감성의 줄기를 타고 있다

메타세쿼이아 나무들도
사랑을 갈구하듯
햇살과 속삭이며
왕벚꽃도 바람과 교류하여
잉어의 비늘 뿌려놓은 듯
꽃잎이 사랑스럽다

채미정의 붉은 댕기 풀어 놓은 목단꽃
유혹의 살점을 박음질하고
여인네 심장을 두드리는 꽃들의 흔들림
사랑을 터치하고 있다

그녀와의 꽃 투어
미소로 말한다
행복의 물꼬를 튼 아름다운 봄나들이라고.

제목 : 사월의 금오산
시낭송 : 박남숙
스마트폰으로 QR 코드를 스캔하면
시낭송을 감상할 수 있습니다

22

흩어지지 않는 것은 녹아 버린다

봄바람은 나뭇가지를 흔들어
두꺼운 겨울옷을 벗어 던져라
하루에도 몇 번을 되새김질하듯 목청껏 외친다

따뜻함을 벗지 못한 꽃들의 얼굴은
파리하게 떨리는 꽃잎의 정체를
화려함으로 벗어던지는 일인가 보다

연분홍빛 진달래의 설렘도 잠시
녹이지 못한 차갑게 돌아선
그대의 마음을 꽃으로 달래며
속살을 드러낸 복사꽃의 젖무덤을 바람이 훔친다

계절이 몇 번을 건너뛰어야
흩어진 것들이 다시 정상의 자리에서
약속이나 한 듯이 일제히 깨어나고
사랑을 갈구할까.

애인이 있는 사람아

갓 태어난 아기의 발아래 붉게 피는
일출이 꽃보다 우아하게
낯설지 않은 모습으로 자리마다 얼굴을 마주한다

이목구비가 뚜렷한 하루의 탯줄을
쪼아대는 참새의 날갯짓이 생동감이 넘쳐나고
애써 기분 좋게 꾸미지 않아도 좋다

길거리마다 꽃잎들이 손과 손을 잡는
봄의 향연은 누구에게나 전해지는
사랑의 징표를 하나씩 건네고 있다

애인이 있는 사람은 애인을 찾고
또 다른 그리운 사람이 있으면
그 사람 품에서 봄날을 꿈꾸는
시간의 날개 달고 날아올라 비상하리라.

수수꽃다리 같은 친구야

병실 밖은 한없이 아름답다
관절을 펴지 못한 마음들이
내 속을 흔들고 있다

전화벨이 울린다.
친구다.
"어디야?" "응, 병원이야."
"그래? 그럼 내가 갈게. 기다려."

그 말에 첫사랑 기다리듯
설렘으로 시간을 자주 보게 된다
친구는 봄 햇살 안고 와
봄나물 반찬을 한 아름
내게 건네주었다

어찌 저리도 마음이 바다 같은지

한참 안부를 묻고 간 뒤
친구의 봄나물 한 잎 물으니
눈물이 와르르 흐른다

이 고마움을 어찌 갚을 수 있을까
사랑한다 그리고
치료 잘 받고 꼭 이겨낼게.

하나뿐인 당신

코끝을 스치는 아픔이
애절한 몸짓으로 또 한 계절을 끌어안고
진통을 풀어놓고 있다

설익은 백설기처럼 퍼덕거렸던 이끌림에
그대를 만나 울고 웃었던
지나간 시간이 파도처럼 넘실거린다

살점이 터져 피고름이 올라와 봄을 삭혀 버려도
버리지 못한 삶의 애착
묵묵히 내 곁에서 흐느끼는
어깨를 감싸 주는 당신이 있기에
강을 건너고 산을 넘고 있나 보다

이 봄 지나면 고통이 희망으로 영글어
생명의 무늬들이 낙동강 줄기를 지나
망망대해 푸른 바다에 일출이 떠오르듯
당당하게 행복의 문을 열고 살아가겠지요.

 제목 : 하나뿐인 당신
시낭송 : 박영애
스마트폰으로 QR 코드를 스캔하면
시낭송을 감상할 수 있습니다

어느 요양보호사의 미소

생업의 현장일까
허리 굽은 육순의 나이에 구순의
허리 아픈 환자를 돌본다

구순 할머니의 손발이 되어
빠듯하게 움직이는 그대의 모습에
누워 있는 환자인 나는
조금의 미안함에 고개가 숙어진다

쪽잠으로 밤을 새우고 세월의 흐름에
간단하게 식사하는 모습이
마치 우리네 삶의 전부를 보는 것 같다

묵은 각질을 벗겨내듯
진동 청소차의 소음으로
병실에 갇혀 소음의 잔해를
해부라도 하듯 뇌를 굴리고 있다

며칠의 수고로움으로 퇴원하는 할머니의
미소가 있기에 그네들의 노고가 희망이 되고
사랑이 되어 병원 시스템이 돌아가나 보다.

사랑아 내 사람아

그리움을 허공에 쏟아본다
괜스레 두 눈이 촉촉이 젖어오고
알 수 없는 떨림이 온몸을 두드린다

바람의 힘을 빌려 날개를 달고
지치도록 달려가 사랑한다고
말이라도 던져 놓고 온다면 살아가리라

긴 인연의 끈이 아니어도 목매지 않으련다.
터벅터벅 걸어오는 길이 지쳐도
온몸으로 다 토해냈기에 더는 미련을 두지 말자

밀물로 지워 버리면 그만인 것을
고집스럽게 사랑의 흔적을 남기려
너무 애달픔으로 잊지 않으련다.

봄은 사랑의 편지

앙증맞은 풀꽃처럼 지느러미를
펴는 몸짓으로 이 골 저 골에서
봄 인사를 나누며 스며들고 있네요

홍매화 진달래 산수유
꽃망울을 턱밑에 걸고
하얀 목련 실루엣도 봉긋하게
수줍은 얼굴로 사랑의 편지 쓰고 있고

가녀린 소녀의 옷자락에도
새봄이 하늘거리고
설레는 봄 향기는 그녀의
품으로 파고들고 있네요

강을 건너온 초록이
그네 타는 소리가 바람결에 스치고
이 비 그치면 엄마의 품처럼
따뜻한 봄볕이 성큼 다가오겠지요.

제목 : 봄은 사랑의 편지
시낭송 : 박남숙
스마트폰으로 QR 코드를 스캔하면
시낭송을 감상할 수 있습니다

누에고치

언젠가부터 귓전에
뽕잎 갉아먹는 소리가 들린다
누에들이 집이 없어
내 귀로 들어온 것일까

머리를 치켜들고 꿈나라 여행하는
아가 누에들은
어머니 손끝에 걸려
어느새 어른 손가락만큼 자란다

관절처럼 등줄에 검은 줄이 피어나면
시어를 뿜어내듯 비단길을
펼쳐 놓고 그 세상으로 들어간다

수천 겹의 하얀 집을 짓고
몇 날을 기도하다 알아서 깨어나면
다시 어머니 품으로 올 것이다

그렇게 내 귓전에 사락사락
뽕잎 갉아 먹는 소리가 들린다
어머니와 함께 봄이
다시 내게로 올 것이다.

여름이 흔들린다

붉은 향기 그윽하게
임 그리움에 햇살 등에 꽂고
종달새 둥지 튼 돌담을 탐하는 능소화

마당 가득 풀어놓은
유월의 푸르름과 수국의 보랏빛은
가슴 깊이 숨은 당신이라 생각한다

가난을 끌어안고 기왓장 넘어
장독대의 울부짖음을 알지 못했던
유년의 내 모습은 하늘에 뿌려 놓은 백일홍 같다

에움길 돌아 배웅하는 바람결같이
흔들려 피는 뙤약볕의 망초꽃같이
나도 덩달아 꽃같이 피는 행복을 수놓아 본다

아주 가끔은
한 떨기 코스모스처럼
흔들리며 피고 싶다.

시간의 활

철문을 열고 들어서면
푸른 마당이 퍼덕거리고
노둣돌이 가을을 신고 스쳐 갈
문설주에 끼어 있는 바람이 호흡을 멈춘다

그리움의 덩어리가 점점 커져
풀리지 않는 숙제로 남겨지면
수문을 열듯 풀어내야 하는
열어보지 못한 상자 속의 갇힌 세월

질투의 화신이 전화기 속에
꽃물로 번져올 때쯤이면
빈정거리는 말의 발가락이
날밤을 새워 들어간 고갯길을 나오곤 한다

숨죽인 시간의 흔적을
찾으려 헤매는 날개를 볼 때마다
지나간 모든 것이 화무십일홍인 것을
기억은 소리 높여 울고 있다.

제목 : 시간의 활
시낭송 : 박남숙
스마트폰으로 QR 코드를 스캔하면
시낭송을 감상할 수 있습니다

32

천상의 감악산

순백의 치맛자락을 풀어놓은 듯
바람의 사슬이 순수의 문을 열고
천년의 세월 앞에 너울거린다

보랏빛 아스타의 몸짓은
하늘이 내려준 정원에서
날개를 단 듯 구름 위를 노닐고 있다

여름에서 가을로 환승하는 그녀
시월의 햇살 한 움큼 꽃술에 풀어놓고
그대의 숨결을 어루만지듯 나비가 된다

운명처럼 만나 떠돌던 인연의 별빛이
발목 잡힌 시간의 비명처럼
그대에게 닿는 소리에 바람이 놀라 웃는다.

가을은 그리움이다

에메랄드빛 하늘가에
그려 놓은 단풍잎 하나둘
풍선처럼 부풀어 내 마음도 함께 물든다

붉은 메밀이 익어가는 바람의 언덕
하늘에 바다가 스며들듯이
그리움이 가을 앓이로 파고든다

들국화 꽃잎 바람 타는 모습에
수줍은 각시처럼 발그레하게
심장이 말하는 그대의 혈관을 더듬거린다

흔들리는 갈댓잎에 스며든 별빛
일렁이는 가을바람에 취한 듯
녹슨 동맥혈처럼 달빛에 걸려 몸살을 한다.

설핏한 가을

널어진 청춘이 턱밑에 걸려
주술처럼 날아들어
하루의 탯줄을 쪼아대는 햇살을 마셔 본다

문풍지로 날아든 설핏한 시간
문살에 기댄 채 가을을 감상할 수 있는 시월은
두 번째의 봄을 만날 수 있는 계절이다

출근길에 버스를 타고
'다음 정류장은 가을입니다.'라고
외치는 단말기의 여인은 피곤하지도 않은가 보다
멍하니 창만 바라보다 단풍이 되어 본다

설익은 백설기처럼 하얀 첫눈이 내리면
'이번 종착역은 중년입니다.'라고 하겠지
그렇게 이 시간은 또 다른 이가 그리워했던 계절이겠지

그대의 숨결을 어루만지듯
사위어 간 주름진 세월이
달처럼 차올라 그리움의 化身이 되겠지.

그리움을 탐하다

가을이 턱밑까지 차올라
한 올 한 올 풀어놓은 마른 세월
윙윙거리는 소슬바람에도
햇살을 더듬거리며 날아다닌다

꽃물 물들인 단풍잎
처마 끝에서 미소 짓는 가을비
마당은 온통 감나무의 붉은 심장이
퍼덕거리고 노둣돌은 몸을 움츠리고 있다

어머니의 손끝에 걸린 사랑의 부지깽이
애잔하게 다가오는 따스한 굴뚝 연기
순간 뜰 안에 핀 정겨운 미소가
왠지 더 그리워지는 계절입니다.

돌담 속살에 스며들어온 겨울은
어느새 한 폭의 수묵화를 그려 나가고
계절의 물결 속에 몸 뉜 채
또 한 장의 달력을 넘겨 본다.

그대를 소환합니다

마른 가지에 그네를 타는
계절이라는 용수철은
누가 뭐라 하지 않아도
늘어진 능선을 잘도 타고 오르고 있다

마음의 섶다리 엮어서
자석처럼 서로를 끌어안고서야
마주한 손끝에 매달린
사랑의 거리가 점점 줄고 있음을 알아간다

서로에게 순간순간이 풍경이 되고
설렘의 알갱이로 이루어진
시간의 초침이 신호등처럼 그대를 소환합니다

점점 익어가는 낙엽들의 모습
백열등의 불빛이 멈춘 그곳에
한 장의 가을 추억이 오롯이 담긴 채
중년의 뜨락은 가을비에 젖고 있습니다.

제목 : 그대를 소환합니다
시낭송 : 박남숙
스마트폰으로 QR 코드를 스캔하면
시낭송을 감상할 수 있습니다

바람의 손

휘리릭 날아오르는 붉은 실타래는
어디를 향하는 걸까
누구의 부름을 받았을까

한도 초과한 카드 한 장을 손에 쥔 채
거리를 방황하는 우리들의 삶
네온사인 속으로 사위어 가는 시간의 흔적

희미해져 가는 사랑을 잡고
서 있을 수 있는 그 자리에는
아직 떨구지 못한 추억의 그림자만이
뒹구는 낙엽처럼 이리저리 헤매고 있다

쉬이 스쳐 간 적이 없는
그리움이라는 詩어 하나가
마지막 잎새가 되어 울부짖고 있다.

숨은 달빛

심장 깊숙이 박혀 있는 봄의 기억이
모세혈관을 타고 마르지 않을
인연의 수레바퀴 속에 갇혀 있습니다

날마다 보아 왔던 그 많은 시간을
차가운 바람에 날려 버릴 수 없음을
푸른 하늘에 떠 있는 낮달은 알고 있을까

도망자처럼 달아난 지난가을의 그림자
검게 타들어 가는 숯덩이를 바라보며
멈춰 선 시곗바늘만 그대인 양 주시하고 있습니다

허기진 웃음만이 너울거리는 거리의 불빛
움켜쥔 모든 것을 내려놓으며
노을 앞에 서성이는 달빛을 끌어안아 봅니다.

갈바람은 가을 몰이 중

조각의 비늘처럼
햇살을 마시는 은행잎이 사랑스러워
떨리는 마음으로 주워 든다

노을의 그림자를 물고
대청마루에 걸터앉아 배회하는
태고의 갈댓잎이 빈 가슴으로 스며든다

서녘 달빛에 숨어든 보석처럼
빛나는 붉은 심장이 마법에 걸린 듯
천상의 서시가 그대에게 닿는 소리 같다

유리알처럼 빛나는 별똥별처럼
신이 빚은 만추의 붉은 속살
설움의 가슴앓이로 녹아 들어온다.

흔들림이 꽃이 되다

일제히 움트는 문을 열고
얘들아 봄이라고 소리치듯이
세상을 향해 내달리는
여린 것들이 말을 건네온다

땅 깊은 곳으로부터 거슬러 오르는
바람 소리가 비탈길을 지나
텅 빈 산과 들녘을 흔들어 깨운다

고요한 저수지에 파란 하늘과 구름이
거울삼아 매무새를 매만지며
호숫가 물결 위를 제집인 양 꿈틀거리는
바람의 흔들림이 꽃이 되고 사랑이 되어 속삭여 온다

보고 싶다고 말 못 하는 그리움
당신을 향한 애타는 마음을
그대는 알 리 없을 것이다
봄날 꿈틀거리는 이내 마음을 어디에 둘까.

익어간다는 것은 조금씩 비우며
바라볼 줄 알아야 하는 것인가 보다.

또 한 번의 비상

윤곽이 잡히지 않는 활주로
안개를 등에 걸친 새벽
한 방향으로만 달릴 듯이 페달을 밟고 있다

날마다 쌓여만 가는 찌든 시간
귀를 내어놓고 충혈된 마음으로
다시 하루의 심장을 빌려와
산소마스크를 당겨 써 본다

누군가의 설렘이었을 그대들
나뭇잎 떨어지듯 한잎 두잎
삶의 두만강을 버리고
윤회의 길을 서성이는 것을
어찌 슬프지 않을 수 있을까

어둠의 파편들이 흔들고 간 자리에
또다시 순수의 잉태를 거머쥔
생명의 땅 푸른 비행을 꿈꾸며
삶의 여행길에 두발을 걸쳐 본다.

청춘의 조각달

마른 꽃잎처럼 가볍게 날아와
가을빛을 밀어낸 겨울의 두레박
문고리에 매달린 고독이 첨벙거린다

어제의 시간이 커피잔에 누워
청춘을 들여다보며
설탕 한 스푼에 풀어지는
과거의 흔적들이 다시 우물에 스며든다

빨간 코트 깃 속으로 퍼져오는
첫사랑의 기억들이 하얀 눈송이처럼
화려했던 푸른 청춘의 조각달을 퍼 올린다

둔탁함으로 구부러지는 등 사이로
파고드는 그리움을 어디에 담을까
삶의 무게가 추억에 걸려
문설주를 들어서는 겨울을 임 보듯 반긴다.

고등어 굽는 냄새

낡은 문고리가 퇴색된 빛으로
허기져 움츠린 기억의 문턱에서
세월의 가파른 기류를 해부하고 있다

그럴 때마다 두드림의 소리가
바람의 체온을 따라 관통하는
그리움의 날개가 인기척을 내며
앞마당에 널브러져 웃고 있다

가슴을 관통하는 메마른 잎새의 서걱거림
태양의 빛을 사그라들게 하는 낮달이
갓 피어나는 사랑의 깃털 달고 허우적거린다

겨울 종착지에 다다르면
은어(銀魚) 떼처럼 몰려와 퍼덕거릴 테지
굴뚝으로 피어오른 고등어 굽는 내음이
그리움의 덩어리가 점점 당신의 품으로 파고들겠지

우두커니 대청마루에 걸터앉아
대답 없는 메아리만 기다려 본다.

생명의 불꽃

어둠의 터널을 지나
까까머리 능선이
여명의 불빛을 마시려
충혈된 마음으로 길을 나선다

바람결에 묻어온 푸른 파도의 노래
포말 속에 꽃물로 샤워를 한 듯
산통의 찬란함을 밀어 올리고 있다

임인년 승차표를 손에 쥔 듯
솟아오르는 선물 같은 일출이
붉은 등대에 생명의 불꽃을 쏘아 올린다

서로의 공간을
서로의 가치를
서로의 인연을 해오름달에 걸어 본다.

흩어진 자유

우리에게 가장 먼 곳은
눈앞에 펼쳐진 현실 속에 숨은
그림자와 숨바꼭질 중이다

누군가는 쪽방에서 하루를 살고
누군가는 궁궐에서 심장이 말하는
균열을 주워 담으며
흔들어대는 바람을 견디어 내고 있다

동전 먹은 자판기가
커피 믹스 한 잔의 헐렁한 시간을 섞어
또 하루의 자유를 마스크로 봉인한다

시간이 밤마다 모아 놓은 눈물처럼
어둠에 갇힌 혈관은 길을 잃어버린 채
겨울의 모서리가 삼킨 햇살이
또 하나의 계절을 동반한다.

귀환

낚싯대에 걸린 잉어살을 훔쳐 먹다 들킨
새벽이 강물 속으로 스며들어
납작 누운 수달에게 속살거린다

어디론가 흘러갔을 과거를 소환하며
얼음 속을 유영하는 미래를 유혹하여
고단한 삶의 언저리에
마른 시어 하나 던져 준다

물비늘이 넘실거리는 물속에 갇혀
선을 넘지 못하는 물고기들 귀환
서로의 눈치만 보며 운명처럼 뛰어오른다

자유 속에 도태당한 버려진 통제가
의식을 잃어버린 채
낡은 지느러미에 걸린
풍경을 갉아먹고 있다

삶은
그림자를 조금씩 삭혀가는 것인가 보다.

그리운 당신

꽃샘바람에도 문풍지가
종일 펄럭이며 우는 사랑방
온기를 비집고 이불을 덮어 본다

재잘대던 냇물이 흐르고
낮에 같이 뒹굴던 숲도 함께 누워
징검돌마다 동무의 해맑은 미소가
봄을 재촉하는 버들강아지로 피고 있다

겨우내 얼었던 맷돌이 몸을 씻는 해 질 녘
부지깽이 허기진 아궁이에
솔방울 타는 내음이
당신의 품처럼 연기로 스며온다

문풍지 우는 아랫목 이불 속
어머니의 체취가 코끝을 저려와
창호지 너머로 민낯으로 서성이는
달빛만 어루만져 본다.

마음의 깃털 하나 품는다

서로의 몸짓으로 알 수 있는
가족이라는 울타리에
기다리던 환희의 만남이 꿈틀거린다

빈 마음을 보듬기 위한 순간들
우리는 형제자매 그리고 자식을 바라보며
멈춰 선 사랑의 깃털을
살랑거리며 행복의 물꼬를 만든다

사랑이 머물다간 빈자리에
주인인 양 노둣돌에 몸을 바싹 다가와
길고양이 다정함으로 애교를 퍼붓는다

담장을 기웃거리는 노을빛에
입 다문 대문만 힐끔거리며
낯선 듯 낯익은 느낌으로
타다만 장작불만 소리 없이 지핀다.

봄꽃처럼 사랑을

지느러미 같은 가벼운 날개가 있다면
몸살을 앓고 있는 숨겨진 과거로부터
멀리 달아나고 싶은 날이 있다

잔설이 봄을 풀어놓는 계절이면
미동도 하지 않았던 묻어둔 추억 하나
어느새 봄볕에 미리 와서 마중물 넣는다

외로움으로 노을이 짙어져 가면
우체부처럼 편지를 던져주듯
그리움이 익살스럽게 다가와 헤살 거린다

심장 속에 깊이 박힌 그리움
가슴앓이로 멍들어 눈꽃 피는 날
바람처럼 살포시 입맞춤이라도
놓고 간다면 사랑 꽃피워 줄 텐데.

* 헤살 거리다 : 가볍게 부드럽게 움직이거나 미소를 짓다

중년은 외출 중

먹잇감을 찾는 고양이처럼
먹지 못할 나뭇가지를 씹어도
채워지지 않는 공허함을 어쩌란 말인가

청춘을 잃어버린 이 푸석한 삶
조각난 거울로 바라볼 수 없음을
바닥에 누운 신호등 푸른 불빛은 알까

날아든 화살처럼 매서운 바람
눈물에 꽂혀 뽑을 수 없음을
햇살을 잃은 저 하늘은 알고 있을까

앙상하게 말라가는 중년의 고갯길
달빛이 품었다 던져 놓은 별똥별처럼
침묵에 맞서는 숙련된 시린 봄바람.

출구(出口)

낡은 책 속에 숨은 그림자처럼
쓰러져 누운 고독이
활자를 뜯어 먹으며
삶의 멀미로 다가오고 있습니다

밀물처럼 마음에 가득 찬 서러움이
어스름한 거리를 밝히는 별꽃처럼
가로등 불빛으로 스며들고 있습니다

감각을 잃어가는 시간의 풀잎들
품었던 모든 것을 내어줘야 하는
창백한 들녘의 허수아비처럼
춤추는 피에르가 되어가고 있습니다

출구(出口)를 찾지 못한
푸른 청춘들이 흩뿌려 놓은 홀씨 하나
나목의 뿌리 곁에
윤회의 숨결로 통로를 찾고 있습니다.

바람의 세월

벌거숭이인 채로 햇발을 받쳐 들고
선홍빛 꽃술을 품에 안은 채
삶의 계절 속에서 홀로서기 한 그녀를 본다

물오름 달을 풀어놓은 봄
아직도 그리움을 삭히지 못한
흔적을 매달고 또 봄을 맞이하는
산수유의 몸짓에 참았던 눈물이 꽃으로 핀다

풀잎 하나 머리에 이고
버티고 서 있는 그녀를 보는 것은
비가 오면 우산이라도 들어주고 싶고
그녀의 헤진 마음을 꿰매주고 싶어진다

다져진 자리에 또 다른 들꽃들이
피어나듯이 얼룩진 그녀의 시린 가슴을
봄바람이 어루만져 준다면
삶의 굴레를 살아가는 생명 꽃이 되지 않을까.

꽃잎 승차권

봄을 지문처럼 새긴
그대 마음이 바람결에 날아들었다

가시에 찔려 아물지 않은 상처
햇살이 내려놓은 그대를 만져 본다

아직은 괜찮지가 않은 걸까
봄바람 묻어와 꽃잎이 흩날리던 날
함박웃음으로 마주한
시간의 수갑 속에 묶여 있다

꽃잎 지듯 짧았던
인연의 수레바퀴를 만지작거리며
차마 대문 밖을 나오지 못한
시어 하나 책갈피에 끼워 둔다.

사월과 오월 사이

연둣빛에 취한 바람이
은밀하게 서로에게 묻어 두었던
마음의 문을 활짝 열고 들어서면
몸 둘 바를 몰라 저고리 풀어 헤친다

순리의 법칙을 거스르지 않는
초록빛에 몸 담그는
새들의 날갯짓에 푸른빛이 감돌고 있다

구름 돗자리에 솜사탕 숨결이 날아들어
눈부시게 빛나는 오월의 촉촉한 입술
살포시 입맞춤이라도 놓고 온다면
사월이 토라질까

꽃과 같은 사월의 숲에
그대가 걸어오신다면
새털처럼 푸르게 달콤하게
속삭이고 싶어지는 그런 날이다.

순결의 그대여

하롱하롱
꽃잎 지는 날
마법에 걸린 낙화의 임이여
인연의 실타래를 풀어내야
꽃잎처럼 사랑을 불사르리라.

월류정에서

자유가 손끝으로 스멀스멀 번져와
풍경이 수면 위로 아롱거리는 곳
푸른 햇살이 설렘으로 울렁거린다

신록이 엷게 번져 오는 사월
산 벚꽃도 드레스를 떨쳐입고
달도 쉬어 간다는 그곳에

커피 볶는 내음이 흐르는 카페
소소함으로 웃음꽃을 풀어놓을 수 있는
정다운 친구들이 있어 행복하다

절벽을 휘감고 흐르는 초강천
꽃잎을 던져 물수제비 만들어 본다

꽃이 되어 마음을 간질이는 봄바람
사락사락 사랑 빛이 날아들고
꽃 같은 중년의 하루가 노을을 삼킨다.

오월의 풍경

비밀스러운 소식이라도 전하려는지
연초록 잎새들의 입술이
연신 바람 되어 나풀나풀 날아다닌다

초록의 느티나무
그 빛깔에 유혹당해서일까
설레는 심장을
눈치라도 챈 듯 더 취하게 한다

사랑의 빛깔이 이러할까
일렁이며 다가오는 청보리의 사랑스러움이
오늘따라 더 두근거림이 번져 온다

중년이라는 계절
붉은 장미보다 더 아름다운 초록
내 마음에도 초록 희망 꽃 피워내고 싶다.

야생화의 혼돈

소실된 세월을 지문처럼 물고
달려오는 산바람의 발자국
푸른 햇살이 온 마당을 핥고 지나간다

어지러운 세상을 지적이라도
할 심산인가
관념을 벗어나 뻗어오고 있는
꿈틀거리는 뿌리가 땅을 박차고 나온다

지층의 밀도를 정독이라도 한 듯
불어오는 바람결에 슬픈 울음소리
숲의 끈을 벗어던진 야생화의 울타리

부표를 잃어버린 마음의 문
굳어진 퇴적물이 될 미명의 잡초
어딘가에 뿌려진 혼돈의 씨앗이
등나무 사타구니를 타고 흐른다.

반송된 계절

잃어버린 계절은
우리 마음은 안중에도 없나 보다
대문 밖을 서성이는 허수아비처럼
시샘 달만 나뭇가지에 걸려 바람에 휘청거린다

저당 잡힌 논두렁에 묻어둔
부적이라도 꺼내 들고
씻김굿이라도 한판 벌여야
이 암울한 침묵을 깰 수 있을까

돌아올 수 없는 회한의 강
자꾸만 커지는 숫자에
속도를 내는 봉인되지 않은 팬데믹
삶의 족쇄를 채우고도 모자란 것인가

까맣게 타들어 가는 생의 현장
서로의 가족이 흩어지고 무너지고
숨길 수 없는 공허함을 부여잡은 사람들

그래도 봄은 오고 있다.

사랑 걸어 본다

사랑은
새끼손가락 마주하고 오는 것이
아니기에 마음 텃밭 고을마다
거름을 뿌려 두고 서로 나풀거리는 것이다

갑자기 비 내리면 비 설거지하듯
사랑은 소나기처럼 바람에 기대어
불어왔을 그런 사소함에서 피어오른다

꽃피는 계절이 아니어도
심장에 설렘의 꽃이 필 수 있다는 것
어쩜 이게 사랑의 봄이 오는 소리인가 보다

그리움을 딛고 기다림을 거름 삼아
피어나는 봄꽃처럼 홀연히
순수의 감성으로 피어나는 꽃인가 보다.

오늘을 사는 이유

희망의 깃대를 세우고
생명의 기운을 붓끝으로 펼쳐 놓은
밀물처럼 다가오는 행복이 이런 건 아닐까

지금 내 곁에 있는 형제와 자매가 있고
입꼬리에 날아드는 포말처럼
눈부시게 빛나는 얼굴들이
풍경이 되는 날이다

일출을 함께하고 희망의 물오름 달
소소함을 느끼며 서로 공감하며
살아갈 수 있는 그대들이 있다는 것에 감사함이다

사랑으로 보듬고 바라볼 수 있다는 것에
눈물 나도록 감사하고
고마운 일이지요
행복은 매일 우리 곁에 있다는 것을 알아간다.

봄바람 묻어온다

긴 여행을 마친 겨울
피곤한 표정으로 바통 터치를 하려는지
사락사락 온 세상에 봄을 풀어놓고 있다

콘크리트 캔버스에
수묵화를 그려 나가는 봄비의 초음파
묵은 각질을 벗겨내듯
나뭇가지를 흔들어 깨우는 세심한 빗줄기

연회색의 촉으로
연두의 새색시를 거침없이 업고 와
사랑의 물거품으로
옷을 갈아입히면 고운 임 사랑이 되어 간다

희망의 깃대 올려
봄 앓이 하는 들풀과 나무들
생명의 기운 모아 붓끝으로 번져 들면
봄의 향연이 바람꽃으로 피어오른다.

항암치료

구겨진 계절에 기억을 놓친 사이
명치끝 깊숙이 박제된 상처를 본다

가던 길을 가지 못하는 가시고기처럼
바윗덩어리를 주워 먹은 듯
몸살을 앓아야 했다

접근금지라고 붙어 있는 내 속에는
온통 주삿바늘만 성찰의 틈도 주지 않고
빠르게 뼛속을 흔들어 놓고 있다

눈에서 코에서 흘러나오는
항암치료의 흔적들
상실의 기억을 뚫고 뜨겁게 치솟고 있다

겨우내 잠자던 복수초가
눈을 헤치며 새 생명이 솟아오르듯
봄으로의 귀환을 꿈꾼다.

물오름 달

동안거에 들어갔던 햇살이
자연에 순응하려 얼음을 깨고
숨죽여 일제히 깨어나며 비명을 지른다

숨을 몰아쉬듯 버들강아지의
깃털은 어느새 새 옷을 갈아입고
번뇌를 털어내고 보석 같은 옷을 걸치고

머뭇거렸던 그대와의 긴 여정
꽃잎처럼 울렁거리는 애잔함이
명치끝에 걸려 주술처럼 날아든다

어설픈 사랑의 꽃망울을
어루만지는 물오름 달 한껏 치장하고
봉긋한 꽃대로 수놓은 희망의 봄 동산
펼쳐 놓고 있다.

봄바람이 되고 싶다

설원에 갇힌 혈관이 잉태하는
봄이라는 계절이 문설주로 들어선다

그녀의 책갈피에 숨죽인 시간이
흔적을 걷어내며 포말처럼 은밀하게
발목을 적셔오는 것이 있다

차용된 기억으로부터 날아든
슬픈 기억이 겨울을 건너
봄의 길목에서 지워진
그 무엇이 부풀어 올라 물장구치며 다가온다

호수 아래로 잠들었던 시간이
계절의 노선을 놓치지 않으려
첫사랑으로 녹아들어
봄바람이 되고 싶다고 울어대는 봄이다.

눈먼 문장을 잡아라

녹슨 것들은 붉은 해가 되나 보다
붉어진 것은 그만큼 간절하다는 것
간결한 시어 하나 등대에 묶어 두면
시가 될까 사랑이 될까

원고지에 누워 있는 문장들은
지중해를 걸치고 태평양을 건너면 모래알이 되겠지
협곡을 지나면 더 많은 문장이 빠져나가고
바람의 발을 걷어차겠지

하늘에 쉼표가 있나 보다
수평을 뚫고 솟아오르는 것들은
모두 하늘을 향해 중심을 흔들어 대고 있으니까

포물선을 따라 떠오르는 별 하나
침묵을 깨고 묶여 있는 문장을 풀어놓고
파도처럼 출렁인다
펜대를 굴리는 소리가 골목 지나면
누구도 흉내낼 수 없는 詩가 되어 있을까요?

3월 연화지

물오름 달을 품은 연못은 한 장의 도화지 같다

수초들이 서둘러 묵은 각질을 벗어 버리고
푸른 날의 연잎을 잉태하면
벚나무는 산통이라도 하듯 촌각을 다투는
선홍빛 꽃술로 사랑을 갈구하겠지

꽃잎을 먹고 사는 잉어들은
인어 비늘에 꽃잎 드레스를 떨쳐 입고
봄꽃처럼 첫사랑을 나누겠지

고요히 차오르는 희망의 물오름 달
생명의 무늬는 물 밖으로 헤엄치듯 나오고
겨우내 닫혀 버린 문이 활짝 열리면
연인들의 달콤함이 넘쳐나는 천국이 되어 간다

마지막 남은 가지들이 서둘러 꽃으로
환생하면 봄의 연화지는 남녀노소 아픔을
환상의 미소로 어루만지듯
새봄을 풀어놓고 생동감 넘치는
음악이 흐르는 한 폭의 수채화로 피어난다.

수액

너를 달지 않고서는 살아갈 수 없다
밤낮으로 먹이를 주는 널
이제는 내 몸인 듯 어디든 함께한다
사랑이 목말라 우는 한 마리 새처럼
너를 내 삶의 쉼표 하나로 삼는다.

쪽문에 걸린 기억

소나기가 추적추적 앞집 양철 지붕
북 치는 소리와 함께
흙 마당을 잰걸음으로 기어다니는 두꺼비

바람에 이리저리 헤엄치는
대청마루 쪽문도 소나기를 반기는 듯
돌담을 때리는 물줄기의 속도가
솥뚜껑에 배추전 소리를 따라가지 못한다

삼베 적삼 인두질한 날
화롯불의 숯은 감자 굽는 내음으로
수탉 한 마리 마루 끝을 배회하며
구구하던 어머니의 정겨운 모습

고향 집 뒤란에는 언제나 당신이
있는 듯하여 반갑고 그리워
지붕 위 굴뚝 연기처럼 하늘만 올려다본다.

바람으로의 여행

햇살에 걸어둔 인연의
날개가 인기척 내며
빨랫줄에서 그네를 타고 있다

보드라운 바람결에
아지랑이 옷을 갈아입고
멍석 깔아 속삭이며 다가온다

붉은 입술 포갠 채
부동자세로 임 기다리는 동백꽃
외로움에 서리꽃 풀어놓고
목 놓아 그리움을 허공에 쏟아낸다

채워지지 않는 공허의 허기를
어쩌란 말인가
겨울 가기 전 버려야 할 그 무엇
다시 봄,
귀환을 꿈꾸는가.

양산 통도사

일주문을 들어서자
달콤한 숨결이 날아들어
포말처럼 은밀하게 다가오는
솔향이 나를 감싸 안는다

맑은 계곡물 소리가 목탁 소리처럼
청아하니 두 손 곱게 합장하며
마음을 정갈하게 어루만진다

바람에 취한 오색 빛 등불의 화려한 비상
관음전 옆 소리 없이 붉은 입술로 유혹하는
홍매화가 오늘의 주인공이다

가녀린 몸짓으로 매서운 바람을 견디어
주는 그대를 보는 순간
사랑하는 임을 만난 듯
설렘에 취해 찰칵찰칵 자꾸만 취한다

동안거에 들어선 스님들의 거처는
겨울바람도 막을 수 없는 믿음이 있기에
우리네 삶도 희망의 연등 하나
걸어두고 살아가나 보다.

그대와 두 손 마주하고
행복한 미소로 산사를 걷는 지금이 참 좋다.

2023년 1월 19일 양산 통도사에서~^^

겨울 끝에선 나를 만나다

진눈깨비가 내린다

찬바람 서리꽃에 묻어 있는
기억의 책갈피에 누군가를 기다렸다는 듯
유혹의 눈빛으로 다가선다

가녀린 몸짓으로 끝없이
무엇인가를 더듬거리는 흔들림
철새처럼 잠시 왔다 갈 침묵의 고통인가

입덧이라도 하는 것일까
만삭을 꿈꾸는 봄을 기다리며
몸 풀 날을 세고 있는 봄의 꽃망울이
어느새 붉은 속살을 밀어 올리는 홍매화

그렇게 사랑의 봄은 길목을 서성이고
낯선 곳을 배회하던 바람의 날개가
또 하나의 계절을 끌어안고 진통을 시작한다.

접수하지 못한 가을

긴 여정 하얀 포말처럼 온 가을
횃불을 든 듯한 열정으로
감성의 골짜기에 한담씩 수놓는 날

몇 겹의 그리움을 삭히지 못한 채
허물어지는 화마의 찌꺼기
흔들리는 지층이 조금씩 세포마다 쌓여 있다

낡은 혈관을 먹어 버리는 주사기
핏줄에 뒤엉킨 매듭을 푸는 순간
링거 속을 유영하는 포식자의 그림자
미처 알아채지 못한 것들이 꿈틀거린다

주사기 바늘로 바라본 가을 하늘
너무도 푸르고 맑아서
아직은
삶의 노선을 벗어나지 싶지 않은 가을이다.

어제의 시간(時間)

달구지에 실려 덜컹거리는
신작로에 어둑한 노을빛이
바람의 깃대를 세우고
거리를 방황하고 있다

고삐 풀린 망아지도
닭장을 뛰쳐나간 발자국도
볏짚 포근한 곳으로
귀가를 서두르는 시간

오래된 먼지처럼 쌓여만 가는
어제의 수레바퀴가
뿌연 안갯속을 빠져나오지 못하고
허물어진 돌담만 더듬거리고

한 줌의 미련이 또다시
저녁 창가를 넘나들고
찌그러진 하루의 탯줄은
달빛에 걸어둔 누설되지 않은
그리움을 삭히고 있다.

솔방울 타는 아궁이

온종일 문풍지 펄럭이던 방
온기 가득한 목화 이불 속에는
함께 누워 살을 비비던 가족이 있었고
할머니의 따뜻한 이야기가 있었다

반들반들 닳아진 솥뚜껑에는
어머니의 한평생이 겹겹이 쌓여 있고
겨우내 얼었던 빨래터에는
봄 길을 여는 정겨운 방망이 소리가 있었다

허기진 뱃구레를 움켜잡고
부지깽이를 부지런히 뒤집으면
가마솥에 고소한 쌀밥이 익어가고
솔방울 타는 향기는 안방에 스며들었다

코끝이 저리는 스산한 밤
문풍지 우는 아랫목 이불 속에서
아련하게 모정을 울리는
어머니가 그리운, 왠지
어머니가 더 그리운 그런 날이다.

그대에게 고백합니다.

이 세상 살다 보면
오르막길 갈 수도 있고
험한 가시밭길을 걸어갈 수도 있습니다

그러나 진심 어린 마음만 있다면
어떤 순간에도 함께 할 수
있는 것이 아닐까요

서로에게 기쁨을
서로에게 위로를 건넬 수 있는
배려하는 그 무엇이 존재하는 한
그대를 향한 사랑을 기억하겠습니다

소중한 그대가 있기에
수렁의 늪에서도 희망을 놓지 않고
행복의 씨앗을 피울 수 있는
내가 될 수 있음을 그대에게 고백합니다.

여백을 품다

바람이 물결처럼 출렁인다
진눈깨비의 눈발에
마음이 먼저 감각을 깨운다

시럽같이 달콤한 따뜻한 목소리
전화기 속에 흘러온다
"저녁은"
"대충 때웠어요"라고 건네지만
"뭐라도 사줄까" 하는 소리에
"응, 장어"라고 답을 한다

버선발로 달려와 꽃을 보듯
그대의 사륜차에 오른다
하루의 피로가 향수를 뿌린다

살결 같은 마음이
행복꽃으로 피어나면
버들강아지 물이 오른다
들꽃들도 서로 나풀거리겠지.

곰방대

세월을 지문처럼 찍고 있는
낡은 문고리에 햇살이 내려놓은
추억이 더듬거리며 날아다닌다

아버지의 지게는 담배밭에
하루에도 몇 번씩 오르락내리락
누런 잎이 생기기 전 건조실 선반에
보석처럼 줄을 세워야 했던 날

고된 농부의 삶이 힘겨웠을까
환갑에 몸져누워 힘든 일은 못 하셨기에
그렇게 잘 드시던 어머니의
정갈한 칼국수도 마다하시고
약주로 아픈 몸을 달래곤 하셨다

오롯이 곰방대에 담배만 꾹꾹 눌러 담고
하늘을 원망하며
뿌연 연기 속에 지난 세월을 담아
흠뻑 빨아 내뱉으셨다

만나 뵐 수 없지만 홍시가 뜰 안에 가득하면
더욱더 애틋한 그리움은
곰방대 담배 연기처럼 흩어져
아버지, 어머니의 품으로 파고든다.

호박꽃

새벽에 한바탕 소나기가
춤바람이 난 듯 휘젓고 간 나의 정원에
호박넝쿨이 목을 비틀고 있다

물도 제대로 못 먹고 돌아간
목을 바로 세워주고 잠시
호박이랑 깊은 사랑의 손길을
다독이고 있자니 보고픈 이가 스쳐 지나간다

이맘때쯤이면 호박을 볶아
도시락을 싸 주시던 어머님의 그 손맛이
그리운 것은 어쩜 나이가 들면 들수록
더 깊어만 간다

텃밭에 호박이 익어가도
볼 수 없는 어머님의 호박볶음은
이제는 설익은 요리 솜씨지만
예순의 막내딸이 해서 먹고 있답니다

호박꽃에 당신의 정겨운 미소가
함박웃음으로 계시니
오늘따라 당신의 그 따스한 품이 그립습니다.

제목 : 호박꽃
시낭송 : 박남숙
스마트폰으로 QR 코드를 스캔하면
시낭송을 감상할 수 있습니다

태양을 삼킨 연꽃

하늘을 품은
풀 냄새 가득 찬 연못가
가지 돋친 푸른 멍석 위
동그란 얼굴 닮은 가시연이 누워 있다

능선을 내려온 노을이 방문을 열면
보랏빛 마스카라 여인은
스멀스멀 번져와 야사를 만들듯
꽃등에 분홍 옷고름을 풀어놓는다

태양이 길러낸 물 위의 빅토리아
녹색 이불 깔아 놓고
임 오시길 밤새 뜬눈으로 지새고
달빛도 반갑게 마중하는 새벽이면
꽃잎은 사르르 임의 품으로 숨어든다

행운의 꽃술
순결의 연꽃으로
암꽃과 수꽃의 한밤 대관식이 끝나면
여왕의 연꽃은
돌아갈 그곳 아마존 강으로 귀환하려나 보다.

감성의 줄기

툇마루에 뒹굴던 해묵은 먼지가
시간의 빛살 속에
도태당한 비릿한 내음으로 번져 온다

삶의 각질이 벗겨낸
조각난 사금파리에 피어난 풀꽃처럼
지느러미를 삼키는 붉은 노을의 혀

그 입속을 핥아먹는 또 다른 계절이
흐트러진 한여름 밤의 매미 소리
감당할 수 없음을 감지한 감각
사랑의 자물쇠를 풀어놓은 듯 온몸이 나른하다

움직일 수 없는 화석처럼
올가미를 걷어내지 못한 세월의 능선 앞에
잃어버린 날개를 조금씩 펼쳐 놓고
온통 꽃잎으로 넘실거리는 그 길에 서 있다.

매듭 달의 인연

민낯으로 서성이는
나뭇가지 사이를 오가는
바람의 물결처럼
잊혀 가는 열두 달의 맹세는 흩어지고 있다

열정으로 달을 품을 쓸
어제의 심장은 시린 손끝을 스치고
기다리다 지친 멍이든 자국은
울퉁불퉁 고드름 끝에 풍경소리로 들린다

겨울꽃으로 피어난 또 하나의 순정
해 오름 달로 발길을 옮기는 갈증
그리움의 그대를 사랑의 온도로 품어 본다

첫눈이 녹아내리는 들녘에 서 있다
인연의 손끝에 맴도는 운명 같은 사랑
무지갯빛 아지랑이 피는 그날
희망 승차권을 쥔 채 그대와 함께 걷고 싶다.

세 번째 스무 살

햇살 잘 드는 곳에 자리한
어린 참나무도 겨울잠에 들었다
몇 개의 잎새를 떨군 빈 몸으로
눈을 지그시 감은 채 하늘을 바라본다

뇌 속을 휘젓고 나서야
되새김질하듯 목청껏 울었다
어느새 뼛속까지 점령해 버린
초대받지 못한 손님의 행보는 멈출 줄 모른다

소름 돋는 순간순간 빠르게
배 속을 채워가는 포식자의 그림자
거부하지 못하면 포용력으로 감싸 안고
골짜기마다 함께 남은 生을 걸어야겠지

온몸으로 스며들어 미소 짓는 널
안부를 살펴 가면서
봄 햇살이 화살처럼 날아와
산수유 꽃망울 어루만지는 날
세 번째 스무 살을 맞이하고 싶다.

제목 : 세 번째 스무 살
시낭송 : 박영애
스마트폰으로 QR 코드를 스캔하면
시낭송을 감상할 수 있습니다

숨은 그림

기억 속으로 스며드는
한바탕 춤사위를 부르는
천둥과 소나기의 살풀이는
몇 시간을 달리고 나서야
멈춤의 깃발을 들었다

가로등도 잠자는 새벽
윤곽이 잡히지 않은 것이
그렇게 당신은 안부도 챙기지 못한
그리움을 탐하고 있었다

꼬리에 꼬리를 물고 나타나는
푸른 청춘의 파도처럼
움켜쥐고 놓아주지 못한
사랑의 법칙 같은 걸 그대는 알고 있을까

이제라도 풀어놓고 놓아주리라
멍울진 가슴 갈피에 끼워 놓은
모든 것을 거세게 내리치는
소나기에 다 씻고 싶어진다.

그녀의 팔월

새벽 별빛이 스며든 곳에서
매미가 한바탕 합창하고 나면
긴 하루의 시간을 녹일 듯
이글거리는 태양은 불꽃을 피운다

혈관을 파고드는 서글픔이
주사실을 점령하면 어느새
그녀를 감싸는 캐사일라의 효능이
온몸을 다니며 휘감고 있다

조금씩 작아지는 암세포를
어루만지며 달래는 것이
그녀의 삶의 일부가 된 듯
팔월의 한낮을 그렇게 수액으로
몸을 씻고 병원 문을 나선다

횟수가 많아질수록 면역력이
떨어지는 그녀를 본다
가슴이 쓰리도록 아파도
아프다고 말 못 하는 그녀의 속내를
그 누가 다독여 줄까

한 번씩 이렇게
조용히 되물어 볼 뿐이다.

샛강의 휴일

강을 흔드는 바람이 깃털을 물고
사라진 연꽃의 몸뚱어리를 잡으려
헤엄치는 붕어의 지느러미가 숨차다

겨울이 가둔 샛강의 고니 가족
청둥오리가 삶의 터전을 옮겨와
푸른 다리 밑에 둥지를 털고
한낮의 꿀잠을 풀어놓고 있다

횡단보도를 건너는 시린 바람 한 줄기
그대와의 산책을 방해라도 하듯
목청껏 날갯짓으로
고음을 토하는 청둥오리 떼

태양을 삼킨 노을이 맴도는 들녘
철새들은 또 다른 비행의
꿈의 발자국을 더듬거리며 퍼덕거린다.

* 샛강 : 낙동강 줄기에 옆에 흐는 강이름
　　　요즘 철새 도래지가 되었다

기품 있는 그림

눈부신 사월의 벚꽃처럼
피어나는 연둣빛의 흐름 속에
아련하게 남겨진 마른 꽃잎이 흩날리고 있다

토라져도 무한의 눈빛으로
보아줄 듯이 함께한 시간들
삶의 전부를 불태웠을 붉은 양귀비처럼

칼날에 베인 듯 독설을 퍼붓던 어느 날
사랑으로 그린 스케치는 흐려지고
시린 눈물 흘리는 강물만이 흐르고 있다

둥지 떠난 깃털은 다시 날아오지 않고
품어야만 했던 그 순간들이 가시로 박혀
서로의 심장을 찌르며 퍼덕거리고 있다

노을을 먹어 버린 하늘은
기품 있는 그림만 그려 놓고.

생명의 기적

희미해진 시간의 노선을 놓친 기억은
반란의 규정을 읽어 내려가는 듯
동장군을 앞세워 여명을 달린다

침묵해야만 했던 바람 같은 눈물을
흩뿌려야만 하는 낭떠러지 앞에
갇혀 있는 수족은 첫눈에 마음 달랜다.

풀어야 하는 얽히고설킨 매듭의 눈과 귀
과거를 도려내지 못한
화해와 상생의 날갯짓이
순결한 처녀자리를 핥고 지나간다

달빛에 걸린 순백의 몸짓 그것은
비상하는 백조의 파닥거림이며
희망을 노래하는 생명의 기적이다.

화살 같은 인생

달콤한 숨결이 날아들어
인연으로 피어난 마음 꽃이
포말처럼 은밀하게 서로를 기대고 산다

가슴 언저리에 파문이 일더니
보름달 차오르듯 퍼덕거렸던 심장은
마법처럼 눈부시게 다가왔다

비 맞을세라 어깨를 우산으로 보듬고
나란히 걸을 수 있었던 그 세월
지나간 모든 것이 화무십일홍인 것을

커피잔을 마주할 수 있는
지금이 참으로 평화롭다

마른 잎새에 화살같이 가는 인생
빛나는 윤슬로 스며든다.
붉어지는 노을을 여유롭게
바라볼 수 있는 중년의 길,
나는 지금 오른다.

제목 : 화살 같은 인생
시낭송 : 박영애
스마트폰으로 QR 코드를 스캔하면
시낭송을 감상할 수 있습니다

91

겨울의 파편

신작로를 걷는 억새꽃이
칼바람에 얼굴을 숨긴 채
거북 등을 타고 너울거린다

생과 사의 기로를 오가는 간절한
기도를 들어보지도 않고
라디오는 건설 현장의 사고 소식을 전한다

동장군은 오징어 게임이라도 할 듯
부동자세를 하길 바라나 보다

신호음이 울리기를 간절히 바라는
자식의 손끝은 시림도 잊은 채
수천 번 아버지를 애타게 불러들인다

보듬지 못한 마음 건네기도 전에
사그라진 애달픈 눈물은
눈꽃이 되어 울부짖는다

제자리를 찾지 못한 몸짓이 삐걱거리고 있다.

당신의 안부

바람에 쫓기듯
생의 방향을 잃어버린 채
철근 콘크리트가 타다만
연탄재처럼 땅으로 흘러내렸다

삶의 기본을 무시한 삶
노동자의 몫이 아닐진대
차가운 콘크리트를 이기지 못한
몸짓이 눈꽃처럼 흩날리고 있다

아버지의 마지막 갈망을
갉아먹는 촉박한 운명의 장난
아들의 심장은 시린 눈물에 젖어
고드름이 되어 울부짖는다

등불을 대신 질 수도 없는 생
붕괴한 자리에는 가족의 애통함이
그리움의 날개가 되었다
이별을 할 수도 없는 슬픔만이 깊어만 간다.

이 또한 가을이지

휘어진 가지마다 홍시가
턱밑까지 차올라 하늘을
품어보고 싶어서 구애의 몸부림을 친다

물안개처럼 차올랐을
순백의 몸짓 그것은 그대를 향한
몸살이었을 것이다

비틀거리는 가을빛에
잠시 내려놓은 하루만큼의 통증이
말초신경을 따라 이슬로 스며든다

떨리는 온몸으로 링거 줄을 잡은 가을
다시 충전의 혈전을 불러 본다
내가 아닌 또 다른 나를 불러 보는 계절.

첫눈처럼 간다는 문경으로

도서관 계단에 걸터앉아
플라타너스 나뭇잎에 희망을
스케치하던 친구들이 보고 싶다

삐걱거리는 마루에 양초로
반질반질 화장시키던
그 순간이 꽃물로 날아와
추억 속에 춤사위로 날아든다

봄날의 음악처럼 흘러드는
운동장의 함성이
첫새벽의 어둠을 걷어내고
첫눈처럼 문경으로 발걸음이 사뿐사뿐

두레박으로 건져 올린 별들의 언어가
기억은 어느새 마당바위에 누워
징검다리 건너 정겨운 고향이
밀물처럼 몰려와 오롯이 스며온다.

보고 싶다는 문경초등학교 친구들아.

교차로의 출구

누설되지 않은 햇살의 숨바꼭질
허물어진 짙은 회색빛을 가둔 겨울
그 속을 유영하는 철새들의 합창 소리가
폐부로 스며든다

연꽃도 수련도 숨죽여 잠자는 샛강
백조의 울음소리만 나뭇가지를 흔들고
혈관 속을 파고드는 서글픔에 서리꽃이 피었다

용수철처럼 늘어져만 가는 시간
마음의 문을 닫고 또 여미는 손놀림에
어제가 그리워 외로움의 날개를 허우적거린다

굽이치는 낙동강 물결 따라 걷고 또 걸어도
돌아오지 않은 세월의 흔적을 걷어내며
꽃 피는 봄날 교차로의 출구를 찾을 것이다.

회귀하는 것은 사랑이다

샛노란 빛으로 유혹의 가을을
펼쳐 들고 바람의 춤을 추는 널
어찌 뿌리칠 수 있을까

이슬 머금은 제비꽃처럼 은은하게
다가와 추억의 일기장을 넘기게 만드는 널
어찌 사랑하지 않을 수 있을까

황금빛의 언어로 속삭여 왔을
설렘의 순간을 놓치지 않으려 화장하지만
차오르는 고독에 갇혀 움직일 수가 없다

사랑으로 견딜 수 없는 것이 있을까
즐기지 못한 계절을 끌어안고
슬퍼하지 않으련다.
회귀성을 닮아가는 나무의 비움을 안아 봅니다.

비상하는 것은 아름답다

심연의 바닷속을 헤매는
그리움의 적막이 하나둘
날갯짓하며 구애의 눈빛으로 다가온다

내게로 달려든 늑골 속의 세포 속 적신호
올곧게 살아온 반백 년의 세월이
나를 안아주기에 다시금 자존감을 올려 본다

요란한 청춘은 아니었지만
내 곁에는 사랑의 미소로 서로
바라볼 수 있는 가족과 친구들이 있어 좋다

또 한 번의 수령을 지나면
그리움의 비늘이 노을을 더듬거릴 때
행복의 나라로 비상할 것이다.

두레박에 걸린 빈집

뒤뜰에 장작들은 어느새
아궁이에 솔방울 지피며
어머니의 품처럼
안방 아랫목으로 번져 든다

낡은 두레박을 건져 올리면
보물이라도 따라올 것 같은데
빈 두레박만 덩그러니 곡예의 선을 탄다

호박을 숭덩숭덩 썰어 넣고
된장찌개라도 보글보글 끓여
들고 나올 것 같은 엄마의 목소리가
바람 소리로 걸어 다닌다

달콤한 기억은 어느새
빈집 마당을 가득 채우고도 넘쳐흘러
서녁 하늘을 다 녹여 버린 수채화 같은 노을이
노둣돌에 누운 오늘 밤이 포근할 것 같다.

길 위를 뒹구는 낙엽은

살사리꽃 향기가
바람의 리듬 속으로 가을빛을
물들이면 햇살이 화살처럼 퍼져 온다

가슴 갈피마다 저며 놓은
별똥별처럼 침묵의 계단을 걷고 있는
익숙하지 않은 시어들이 뒹구는
낙엽 뒤를 따라다니는 그 무엇

피해 갈 수 없는 것인가
생채기로 아파할 때가 좋았지!
그 설렘의 가슴앓이도
이제는 버려야 하나
오롯이 세포 하나의
갈증을 달래며 시간의 초침만 바라봐야 하나?

따뜻한 체온을 불어넣어 줘야
심호흡이라도 할 수 있는 지금이
그대를 사랑할 수 있는 순간이 있어 좋다
이 계절이 지나면 더 사랑하고 싶어요.

거미줄에 걸린 시월

창틀에 걸린 푸른 코발트빛
색연필로 그릴 수 있는 것이 있을까
지우개로 지울 수 있는 연필로
그려도 되는 것일까

온몸으로 번식해 오는
내면의 울음소리가 툭툭 치는 시간
폭설처럼 심장을 두드릴 것 같은
그대의 불빛들이 온 병실을 떠다니고 있다

그럴 때마다 알 수 없는 멀미를 한다
내 분비계의 숲에 숨어든
공중도덕도 뭉개 버린 블랙홀
고독이라는 긴 장벽에 갇혀 움직일 수가 없다.

위태로운 사생활이
낡은 문고리에
때 죽임을 당하는 내면들
별들이 쉴 곳을 찾아 배회하고 있다.

 제목 : 거미줄에 걸린 시월
시낭송 : 박남숙
스마트폰으로 QR 코드를 스캔하면
시낭송을 감상할 수 있습니다

갉아 먹힌 계절

가을이 오기 전의 비보
숨은 그림자와 같은 몸의 열꽃이
가을을 내게서 빼앗아 갔습니다

중추신경을 관통하는 그 자리는
어느새 먹먹한 어둠의 이슬만 품고
온 세상을 다 잃은 듯 울고만 있습니다

사랑한다는 것
온 가족이 웃음꽃 펴야 하는 계절인데
힘겨운 출혈을 감당해야만 하는 지금입니다

기도로 뇌를 식혀가며
생과 사의 협곡 드나들며
또 한 번의 터널을 지나면
고통이 삶의 꽃으로 완성되는 날 있을까요

계절에 순응하며
시간의 바람결에 온몸을 내어놓습니다.

작아도 꽃은 핀다

여름 끝자락에
오롯이 견디어
해맑은 소녀처럼
가을비에 피어나는
까마중꽃
널 어찌 사랑하지 않을 수 있으랴.

힌남노

해안도로의 처참함이
부서져 버린 과자처럼
자꾸만 귓속을 핥는다

길지 않은 수명으로
남기고 간 너의 발자취,
또 얼마나 시간의 살을 갉아먹어야 할까
복구라는 단어가 이루어지기까지

신작로에도 회색 도시에도
아프다는 진통의 소리
센 바람에 망가진 흙을 털고 있다

할아버지 나무는
수명을 다한 것일까
눕고 싶어 별이 되었나
돌담의 호박넝쿨은 그대로인데

언제 그랬냐며 태연스럽게
웃고 있는 해맑은 하늘
햇볕에 몸을 말리는 나뭇잎들
어디서 들려오는 귀뚜라미 소리

우리의 작은 세상은
휩쓸고 간 자연 앞에 평온하다.

보랏빛 사랑

수박처럼 매끄러운 잎새들 사이
보랏빛 원피스를 걸친
민낯의 맥문동 여인

묵은 각질을 벗겨내듯
흔들거리는 나뭇가지의 인연들을
소나기에 씻어낸다

피사의 사탑처럼 기울어진 마음
바람은 그대의 손길인 양
보라꽃 여인을 속삭이며 달랜다

푸른 줄기 꼿꼿할수록 집요하듯
못다 한 사랑의 서약
보랏빛 향기로 그대를 불러 본다

바지랑대에 걸린 목소리

물푸레나무가 부챗살처럼 그네 타는 날
엄마의 목소리가 실바람 타고
아침 햇살 같은 다솜 꽃이 핀다

한가위나 설 때면 어김없이
"막내야" 하시던
쌀가루 같은 엄마의 사랑이 가득 담긴
떡 소들이 줄을 선 마루에서
"엄마가 좋아" "떡이 좋아" 자냥그리며
앙증맞게 떡을 빚는다

바지랑대에 걸린 삼베옷이 살랑거리는 날
"막내야" 부르면
엄마와 함께 모시 저고리에 풀을 먹이고
마주 앉아 팽팽히 당겨
아버지의 두루마기도 꼿꼿이 다린다

감나무가 제집인 양
샘바르게 울어대는 매미 소리
"막내야" 하는 엄마 목소리 같아서
하늘만 올려다봅니다.

[순우리말 풀이]
* 다솜 : 애틋한 사랑
* 자냥거리다 : 재잘거리는 소리가 듣기에 똑똑한 데가 있다
* 샘바르다 : 시샘하는 마음이 많다.

여름꽃

스며오는 풀잎의 향기
어느새 칠월 끄트머리에 날아들어
눈부시게 고운 자태의 꽃술이
유혹의 살점을 박음질하고 있다

인연의 날개가 뒤척이는 기왓장에
사랑의 서약을 숨겨둔 채
소나기에 씻겨 능소화의 뿌리에
처연한 잠을 청하며 눈물을 삼킨다

불어오는 바람결에 행여나 임 오실까
허기로 채워진 그리움의 주홍 꽃잎
기약 없는 기다림의 눈빛만이
처마 끝에 풍경소리로 그대를 불러 본다

붉게 피어오른 노을빛에
빗금 친 마음 쪽문에 걸어놓고
그대를 향한 부푼 가슴 길게 뻗은 능소화
살몃살몃 사립문만 바라보며 별이 되어 울먹인다.

제목 : 여름꽃
시낭송 : 박영애
스마트폰으로 QR 코드를 스캔하면
시낭송을 감상할 수 있습니다

견우직녀 달

물 구슬이 가득 담긴 연못가
쪽잠을 잤는지 푸른 침대에서
꼼지락거리며 바람에 흔들리는 샛강의 하루

연꽃 그늘이 제집인 양
이리저리 헤엄치는 소금쟁이들
한낮의 꿀잠을 불러들이는 산들바람

자꾸만 번져 들어
연꽃으로 피어 울렁거리는 강가에 서면
견우직녀 달에는
그대 생각이 연꽃보다 먼저 와
그리움의 비늘이 꿈틀거린다

여름 숲에 매달린 달콤한 시어 하나
톡 하고 떨어지기 전
사랑의 선으로 서로를 보듬는 소금쟁이
초록 실타래가 풀어내는 감성의 샛강에 스며든다.

제목 : 견우직녀 달
시낭송 : 박영애
스마트폰으로 QR 코드를 스캔하면
시낭송을 감상할 수 있습니다

사랑의 단추

오래된 블라우스를 꺼내 입는다
세월의 흐름을 감지 못한
실크의 보드라움이 나를 안아주기에
바람결에 휘리릭 몸을 흔들어 본다

처마 끝을 스치는 빗방울
감잎을 지나 평상에 널브러져
유월의 초록빛을 감싸고 사락거린다

속내를 다 털어내지 못한 비릿한 내음
당신을 향해 내달렸던 열정의 순간들
조금씩 변해가는 봉숭아 물든 손끝에
아픈 흔적이 토해낸 조각달처럼 번져간다

잠그지 못한 단춧구멍이
연잎에 매달려 후드득 떨어지는
소나기 등 뒤에 숨어든
보석처럼 빛나는 그대와 동행의 길에 선다.

초록 숨 고르기

스르륵 화폐를 먹는 자판기
구수한 밀크커피를 뽑아
저수지를 깔고 앉아
그리운 발소리에 실타래 엮어 본다

물비늘처럼 흐느적거리는
삶의 날갯짓으로
물속 풍경이 말을 건네 오고
잃어버린 인연의 깃털이 보풀처럼 날아든다

물고기 비늘 속으로 들어간 언어의 사슬이
익숙한 듯 지나는 물까치 한 마리
짧은 문장을 시어로 버무려 쪼고 있다

유리알처럼 맑은 눈동자
붉은 노을빛에 더 붉게 피어
사랑을 갈구하듯 먹이를 따라 줄을 서는 붕어들
우리네 삶의 현장을 보는 것 같다.

머뭇대는 소나기의 춤사위에
흙 내음이 흘러들어 코끝을 스친다.

함께 걷는다는 것

땅거미 내려앉은 퇴근길
머리카락 끝에 달린 묵은 관절
달맞이꽃 시름을 머리에 이고
기다림의 눈빛으로 내게로 다가섭니다

검은 봉지 속에 담긴 찌그러진 하루
캔맥주 한 잔 목젖을 넘어갈 때
그 짜릿함에 복잡한 찌꺼기들을
조금씩 버리고 또다시 버려 봅니다

주워야 하는 것과
묻어야 하는 것이
공존한다는 것
삶을 살아가는 심지가 아닐까

바람에 마음을 헹구고
다시 닻을 올려 푸른 바다를 항해하듯
길고 긴 여정 그 선상에 당신이 있기에
새벽보다 더 새로운 내일을 주워 담아 봅니다.

갈증

구멍 숭숭 뚫린 허기진 관절
페달을 밟고 있던 기억의 선로
비포장도로를 달리는
자전거를 따라온 노을빛이
가로등을 켜고 있다

서로의 안부를 챙기던 사람과 간격 사이
어둠의 파편들이 뿌려 놓은 별똥별처럼
가끔은 회색 도시를 빠져나가
회귀의 본능처럼 숲에 부동자세로 있고 싶다

죽도록 사랑한 사람도
빛바래 흩어지고 굳어가고
어느덧 퇴색해버린 희나리가 되어
말라가는 꽃잎이 흩날리던 그 자리

다락방에 숨겨 놓은
추억의 일기장을 넘기며
꼬깃꼬깃 접어둔 사랑의 징표가
포말처럼 사위어 간 곳
그대를 꿈속으로 소환하고 싶다.

제목 : 갈증
시낭송 : 박영애
스마트폰으로 QR 코드를 스캔하면
시낭송을 감상할 수 있습니다

113

유월의 소묘

초록의 밑그림을 그린다
황홀했던 꽃들의 향연은
윤곽을 잃어가고
덧칠한 초록 물감이 더 푸르게 번져 온다

촉각을 자극하는 바람의 물결
시각을 물고 늘어지는 태양의 손짓
올곧게 하늘만 바라보는 나무들의
합창 소리가 무성하다

폐부에 남겨진 한 줄기 감촉이
메꽃의 줄기를 타고
파르르 떨고 있는 숨결에 포개어 온다

무채색의 마음이 분열하듯
밑바닥을 핥고 지나가는 파문이
거리를 활보하는 어지럼증이
다시 사랑의 횡단보도를 걷고 있다.

제목 : 유월의 소묘
시낭송 : 박영애
스마트폰으로 QR 코드를 스캔하면
시낭송을 감상할 수 있습니다

블루 체인

마파람 휘적이는 초록빛이
섬세한 깃털을 물고
생존의 몸부림을 되새김질하고 있다

미각을 잃어버린 프리즘이
가슴에 박혀 숨어 사는
너를 섬세함으로 만지작거린다

외롭지 않으려 화장하지만
차오르는 고독에 갇혀 사는
나무들의 울음소리가 애달프다

찰칵하는 소리에 블루 체인은
푸른빛이 더 푸르게 살며시 스며온다
너, 참 예쁘다. 나랑 친구 할까
바람이 건져다 준 시어가 말을 걸어 온다.

* 화분의 이름 : 학명 필레아 글리우카~♡

그리움은 멜로디로

존재의 밑바닥을 흔들어대는
사치스러운 감성에 빠진 오만이
진정한 자유를 갈망하며 숨어듭니다

서럽게 울다 지친 햇볕
구들장에 지문을 찍으며
주름진 눈물로 번져 오는 그리움 끝에
맴도는 당신의 포근함이 넘실거립니다

바람결에 실려 온 목소리
보고 싶음이 하늘에 맞닿아 있는 계절
먹먹함이 스멀스멀 파고들어
아카시아 향기로 온몸을 휘감고 있습니다

어버이날!
대문을 들어서면 "울 막내 왔구나"
하시며 안방 문을 여시는 모습이 선명한데
텅 빈 흙 마당은 잡초만이 주인을 기다립니다.

제목 : 그리움은 멜로디로
시낭송 : 박남숙
스마트폰으로 QR 코드를 스캔하면
시낭송을 감상할 수 있습니다

짝별의 눈물

빗소리가 서걱서걱 그대인 듯
못다 한 설렘의 혜윰을 놓치지 않으려
고운 매 가다듬고 다가오네요

무지개가 잠깐이라도 시나브로
다가와 내 옆을 지켜준다면
소나기가 억수같이 내려도
오롯이 그대만을 위한 다솜을 하겠습니다

소나기 그치고 햇무리 머금은
접시꽃이 왠지 그대의 얼굴 같아서
자꾸만 바라보며 마음 달래 봅니다

처마 끝에 빗방울이 뚝뚝 떨어져
그대에게 스며든다면
한 살매 사랑을 챙겨서 마중하려 합니다.

이슬비 그쳐도 달보드레하게 다가가
아주 오래오래 아픔을 잊고
그대 품에 안겨 눈물비 삼키며
꽃잠을 자려 합니다.

* 짝별 : 쌍성에서 밝기가 주성보다 어두운 별 * 혜윰 : 생각
* 고운 매 : 아름다운 맵시 * 시나브로 : 조금씩 * 다솜 : 사랑
* 꽃잠 : 깊이 자는 잠 * 달보드레 : 달콤하게 부드럽게
* 한 살 매 : 평생동안 * 햇무리 : 해의 둘레에 나타난 아름다움

너랑 나랑

행복한 추억을
수채화로 그려
그대에게 선물하고파
꽃잎을 하나 둘 책갈피에 넣어 두고
시길의 빛살 노을로 물들이고 싶어라

인연 꽃

바람에 쫓기는 한 떨기 꽃잎처럼
몇백 번의 일출이 산을 오르고
겹겹이 쟁여둔 그리움을 삭히지 못한 채
흔적을 매달고 바람이 그렁그렁하다

수줍음의 깃대가 하늘을 날고
설익은 백설기처럼 푸석거렸던 심장이
마법에 걸려 주술처럼 날아들었다

숨죽여 다가왔을 달콤한 설렘
민낯으로 서성이는 어느 봄날
인연을 박음질한 마음 꽃 블랙홀에 갇혀 있다

보고 싶은 마음이 분열하듯 차올라
흩어진 붉은 꽃잎이 노을로 피어
비릿한 봄바람에 달빛이 휘청거린다.

볼 우물에 핀 꽃

봄이 하품하는 소리에
아지랑이 연무처럼
온 천지가 부둥켜안고 볼을 비벼댄다

반백년의 세월이
유독 사월의 달력 한 귀퉁이에
관절을 펴지 못한 채 삐걱거리고 있다

바람은 불어와도 흔적이 없고
꽃들은 다시 그 자리에서
약속이나 한 듯이 일제히
감성이 부활하듯 사랑 꽃 터트린다

심장이 간질거리는 오늘
바람결에 꽃잎처럼 날아들어
그대의 숨결에 포개어 보고 싶다.

청보리

한 번쯤 새파랗게
당당하게 피고 싶었다
바람에 흔들려 피는 들꽃도
봄을 노래하는데
시로 희망 곧게 세워 본다.

심장을 울리는 봄

봄은 나들이 가자고 손을
끌어당기지만
마음은 아직 겨울 얼음 속에서
삐걱대는 관절을 펴지 못한 채
눈동자만 두리번거린다

등대 같은 사람이 옆에 있다면
기대고 싶고 편안하게
봄 꽃향기 가슴으로
마음껏 안아보고 싶은 그런 날이다

마디마디가 시려온다
묵은 각질을 벗겨내듯
버리고 싶은 것을 버리지 못해서일까
내리는 봄비는 알고 있는지
며칠 동안 하염없이 쏟아붓고 있다

누군가의 설렘이었을 비
너도 나처럼 외로움으로
차장 밖을 달리고 있는 것일 거다.

석파정의 오월

석파정을 들어서는 순간
어느새 흥선대원군이 된 듯이
마음은 한지에 난이라도 그릴 요량이다

인왕산과 북한산 만나는 자락
하늘과 바람과 구름이
꽃 멀미라도 하는가 보다
일렁이는 신록과 새소리에 취해 본다

천년을 지켜온 천세 송과
산딸나무가 방긋 미소 짓는 오솔길
거북바위를 가슴에 안고
시선을 사로잡는 코끼리바위를
품고 소원을 빌어 본다

한 계단 두 계단 삶의 길을 걷듯
조금씩 삭혀가며 언니와 소통하며
또 하나의 행복을 매만지며
여백의 순간 소중한 추억을 만들어 간다.

낡은 지느러미

사월 그 푸르름의 초록빛이
바구니에 담기는 날
달래며 쑥이며 연둣빛 잎새들이
나잇살 베어 문 주름으로 자리 잡는다

거부할 수 없었던 순간순간들
넘어지고 흔들리며
살아온 반백 년의 세월의 강
그 누구도 물결을 멈출 수 없었다.

내 것으로 생각한 것들이
어느 순간 각자의 삶의 언덕에서
새잎을 만들고 그들만의 자리에
추위를 삼키고 비바람을 견디며
꿈의 소나무가 되어가고 있다는 것을 감지한다

낡아서 삐걱거리는 소리로 답하는 관절
중년이라는 길 위에 서 있는
한 송이 민들레처럼
살갗을 파고드는 서글픔이 노을로 다가온다.

백일홍

배롱나무 그늘
숨어든 연꽃에 문신처럼 박힌
붉은 심장으로 파고드는 꽃바람

달콤한 언어로 속삭임을
실타래처럼 풀어놓고
사랑의 밀어로 피어오른 백일홍

간절한 눈망울에 가득한
열꽃처럼 타오르는
태양도 멈출 수 없는 사랑 꽃

서툴고 부족해도
설렘의 가슴앓이를 알고 있는
심장의 두근거림이 두렵지 않다

사랑 하나로 바라볼 수 있는 그대여.

비의 접사

하늘이 비늘을 벗어던지는 것일까

구름을 거치지 않고 빠르게
고개 터를 지나 산을 타는 빗줄기의
힘은 더 거칠게 땅으로 흘러내린다

아수라장이 되어 가는 산과 강물은
화가 난 듯 온 마을을 부수고 먹어 버렸다

비늘에 감춰진 그 무엇이
생명까지 위협하며 사람들을
나락의 끝으로 내몰고 있을까

물의 작품은 한 편의 드라마와 같다.
물의 자서전에는 사람이 없었다

가까이 오면 사랑으로 매만져 주다가
멀어지면 지워버리는 비의 흔적들
우리는 그 무엇을 위해 강을 건너고 있나.

제목 : 비의 접사
시낭송 : 박남숙
스마트폰으로 QR 코드를 스캔하면
시낭송을 감상할 수 있습니다

유월이면

새벽을 깨워 휘청거리며 날아든
양철 지붕에 착지 소리가
사랑채를 흔들어 깨운다

실눈을 뜨고 그대라도 왔나
창을 열어 보니
단장하는 감잎들의 푸르름이
화장수 먹은 듯 탱탱하게 웃고 있다

처마 끄트머리에 춤추는 빗방울의 왈츠
어느새 대청마루에 걸어둔
그리움이 스멀스멀 손끝에서
징검다리 건너듯 심장으로 파고들고 있다

솔가지 연기로 가득했던 부엌
부지깽이가 여유를 부리면
구수한 감자가 익어가는 가마솥 마술
어머니 사랑처럼 달곰하게 질그릇에 담긴다

유월이면 솥뚜껑이 빚어낸
호박전이며 감자전
추억 그릇에 숨어 소녀가 된 듯
당신 품이 그리운 중년의 여인.

세 번째
스무 살의 비상

박남숙 제2시집

2023년 10월 11일 초판 1쇄
2023년 10월 13일 발행
지 은 이 : 박남숙
펴 낸 이 : 김락호
디자인 편집 : 이은희
기 획 : 시사랑음악사랑
연 락 처 : 1899-1341
홈페이지 주소 : www.poemmusic.net
E-Mail : poemarts@hanmail.net

정가 :10,000원
ISBN : 979-11-6284-483-0